AF537729

Sarah Marie

# Inmitten goldener Hoffnungsschimmer

24 poetische Lichtblicke im Advent

LAGO

Der Winter klopfte einst an meine Türe
und ich bat ihn samt Schneeschuhen herein
»Willkommen
Winter, nimm sehr gerne Platz hier
Ja, mein Zuhause soll auch deines sein«

Der Winter schien darüber fast verwundert:
»Weißt du, dass ich die Dunkelheit mitbring?«
Ich lachte:
»Ja, die hab ich schon erwartet
wie gut, dass ich drauf vorbereitet bin«

Er zog die matte Schwärze aus der Mütze
Ich knipste Dankbarkeit und Freude an
lief barfuß
und verteilte kleine Lichter
auf allen Flächen, die zu finden waren

Die Bilder meiner Liebsten, helles Strahlen
Bücher voller Worte, sanft und warm
Ich hatte
die Zufriedenheit im Herzen
und Lichtketten aus Zuversicht gespannt

Und ich weiß noch genau, wie wir da standen
Winter und ich, wie Freunde, Arm in Arm
staunend
inmitten goldener Hoffnungsschimmer
die statt von außen aus dem Inneren kamen

1. Dezember

Ich bin nur ein kleiner Mensch
nur einer von Milliarden
doch in meinem Herzen kann ich
hundert andere Menschen tragen

Ich habe nur nen kleinen Kopf
ein paar Gedankenbahnen
doch darin fließen tausend Ideen
Visionen ganzer Jahre

Ich habe nur nen kleinen Körper
beschränkt und auch fragil
doch trag Millionen Emotionen
und Träume in mir drin

Ja, ich bin nur ein kleiner Mensch
doch halt ne ganze Welt für mich
und ich glaub, das könnt das Größte sein
was auf Erden möglich ist

Doch immer dann, wenn ich mich überwinde
»Automatik« wechsle hin zu »Achtsamkeit«
sind's schöne Kleinigkeiten, die ich finde
Zehntausende zum überglücklich sein
Allein sein ist oft das, was ich grad brauche
doch immer tut das keinem Herzen gut
und Arbeit ist für mich oft sehr erfüllend
doch es gibt vieles, was noch besser tut

Darum an dich: Vielleicht geht es dir ähnlich
Du lebst in Automatik vor dich her
Wenn du das liest: Ich sehe und versteh dich
doch wünsch dir einen Modusswitch zu mehr
Besinn dich kurz, was heut um dich passiert ist:
Was macht dich dankbar, was lässt du zurück?
Und wenn du magst, dann nutz das Tageslicht jetzt
lauf in der Sonne noch ein kleines Stück

Manchmal stellt mein Kopf auf Automatik
Ich lebe, doch ich nehme kaum noch wahr
Mein Standardmodus: Arbeit, Essen, Panik
Sitz ganz allein zuhaus, den ganzen Tag
Und innerlich, aus Vorerfahrung weiß ich
dass so ein Leben keinen glücklich macht
Doch um mich wirklich loszulösen, reichts nicht
den Modus umstellen, kostet mich viel Kraft

# 2. Dezember

# 3. Dezember

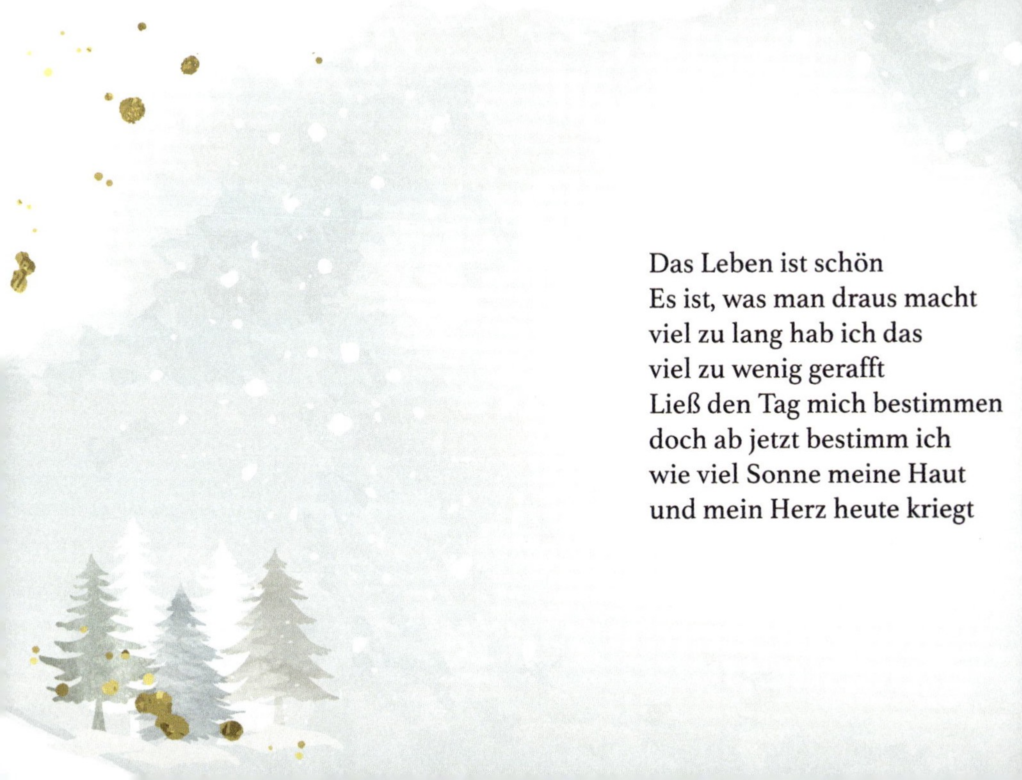

Das Leben ist schön
Es ist, was man draus macht
viel zu lang hab ich das
viel zu wenig gerafft
Ließ den Tag mich bestimmen
doch ab jetzt bestimm ich
wie viel Sonne meine Haut
und mein Herz heute kriegt

# 4. Dezember

Frau Schneider hat grau-weißes Haar
Sie wohnt zwei Treppen unter mir
und manchmal auf dem Weg zur Wäsche
sehen wir uns, dann quatschen wir

Frau Schneider hat fast immer Rat
für jede Lebenslage
So kommt es, dass ich sie beizeiten
gern mal danach frage

Sie sagt dann:
»Kind, verpass das Leben nicht
aufgrund von Sorgen
Freu dich nicht zu spät
und lob den Tag bereits am Morgen
Das macht ihn meistens besser
Schul dein Herz in Dankbarkeit
Glücklich ist ja niemand immer
zufrieden kann man immer sein«

Sie zitiert Mutter Teresa, sagt:
*»Was Großes können wir eh nicht tun*
*doch kleine Taten mit viel Liebe –*
ich hab gemerkt, die reichen schon
Kind, vertrau auf Gott, bei ihm
ist nie was aussichtslos
Lass dich von Menschenliebe lenken
statt von deiner Menschenfurcht«

Frau Schneider hat grau-weißes Haar
und Worte, die das Leben lehrt
und werd ich achtzig, hoff ich, dass
ich etwas wie Frau Schneider werd

# 5. Dezember

Manche Menschen haben nicht viele Worte
um anderen zu sagen, was sie fühlen
Sie sagen nicht: »Ich lieb oder vermiss dich«
mit Silben, die den deutschen Duden füllen
Und trotzdem sprechen diese Menschen Bände
Sie sprechen sie ganz leise, aber klar
Wir müssen uns nur nah genug annähern
und in der Stille sind sie spürbar da

Wenn wir das tun, ist Stille nicht mehr leise
Nein, eigentlich ist Stille dann sehr laut
Sie ist gefüllt mit all dem, was verbindet
und, wenn wir lauschen, keine Sätze braucht
Manchmal haben Gefühle keine Worte
Sie brauchen Nähe, um sie zu verstehen
Sie zeigen sich durch Zeit und kleine Taten
die übersetzt für große Liebe stehen

# 6. Dezember

Guten Morgen, Nikolaus
Komm her, geh nicht vorbei!
Ich hab mir überlegt, für heute
noch mal Kind zu sein

Heut werde ich im Hopserlauf
die Wiesen runterspringen
Ich strecke wem die Zunge raus
beim Weihnachtsliedersingen

Ich lauf mit Schoko im Gesicht
strahlend durch die Weltgeschichte
Ich schreib in dicken Wachsmalstiften
viele lustige Gedichte

Heut setz ich mich auf Schaukeln
schwing die Beine in die Luft
Heut bin ich unerreichbar
für einfach jeden, der mich sucht

Heut nehme ich mich selbst nicht ernst
sondern nur leicht und luftig
Ich werd den Ernst des Lebens nehmen
und mache ihn mir lustig

Vielleicht versteckst du zwischenzeitlich
was in meinen Stiefeln?
Ich seh zwar nicht so aus
doch bin im Herzen Kind geblieben

# 7. Dezember

Manchmal überrollt dich
dieses Leben auf verrückte Art
Etwas passiert, dein Kopf denkt
plötzlich gar nicht richtig klar
Du weißt nicht mehr wohin
das alles war so nicht geplant
Dein Impuls ist es zu schweigen
sei es aus Furcht oder aus Scham

Mein Herz, du musst doch wissen
was Geheimnisse wiegen
Erst drückst du sie runter –
dann bleibst du darunter liegen

Darum: Überrollt dich
dieses Leben einmal ganz spontan
sei es noch so schmerzhaft
dann vertrau dich jemandem an
Es gibt rein gar nichts auf der Welt
was es nicht schon mal gab
Das Geheimnis wird grad dadurch schlimm
dass es noch keine Worte hat

Mein Herz, du musst doch wissen
in der Dunkelheit liegt nur Zerbruch
und dass jenes, was heilen will
ans Licht der Wahrheit muss

# 8. Dezember

Ich mag viele kleine Risse haben
bin abgenutzt, etwas kaputt
Ich bin nicht mehr perfekt in Form
eher ein Zeugnis von Zerfall und Bruch
Ich fiel in tausend kleine Scherben
schon das ein ums andere Mal
Jemand sammelte mich auf
und setzte mich wieder zusammen

Und dieser Jemand sah die Schönheit
in der Tiefe meines Seins
Klebte Risse mit goldenem Kleber
ließ hier und da ne Lücke frei
Und das war ganz und gar kein Fehler
es war das schlauste aller Dinge
Denn hätt ich all die Risse nicht
wie könnte Licht nach innen dringen?

Als meine Schale ganz war
war sie perfekt, doch leer und kalt
Nun füllen Hoffnungsstrahlen
in mir drinnen jeden Spalt
Dank Rissen kann ich der ganzen Welt
mit offnem Herzen begegnen
Das Licht, was ich so sammle
strahl ich gern in andere Leben

Wie schön, dass ich ein Bruchkunstwerk
aus Gold und Glas und Leben bin
weil unperfekte Menschen
wie Laternen für Gottes Liebe sind

9. Dezember

Wie ich Menschsein lebe
scheint mir häufig sehr begrenzt
Die Natur hat Dimensionen
die ich von mir selbst nicht kenn
Ihr Horizont ist weiter
und ihr Ozean so tief
Ihre Farben so viel bunter
als was mein Blick in mir sieht

Doch wir haben den gleichen Künstler
und ich glaub, sie zeigt mir auf
was demjenigen möglich ist
der seinem Ruf vertraut

Ich will mein Leben lang probieren
meinen Horizont zu dehnen
tiefere Liebe zu entwickeln
alle Farben wahrzunehmen
Es liegt in der Natur der Schöpfung
dass ihre Anmut unerreichbar bleibt
doch was ich in mir erreichen will
ist ausgeprägte Menschlichkeit

# 10. Dezember

Für heute, sei erinnert:
Du musst diese Welt nicht retten
denn jeder Mensch um dich herum
hat in sich drinnen Welten stecken

Für heute, tu nichts Großes
doch sei liebevoll im Kleinen
Sei freundlich, wenn du redest
und sei schnell drin, zu verzeihen

Sieh Gutes in den anderen
behandle sie mit hohem Wert
Und rette so vielleicht die Welt
von einem Menschen, unbemerkt

# 11. Dezember

Ich wünschte, ich könnte den Schnee
noch ein allererstes Mal fallen sehen
Ich bin sicher, dann würde die Zeit
plötzlich doppelt so langsam vergehen

Wie wäre es wohl, hätt ich Himmel
und Sterne noch niemals erlebt?
Ich würde vor Staunen ganz still sein
mit erhobenem Blick einfach stehen

Ich wünschte, ich könnte mich selber
mit ganz neuen Augen ansehen
Ich glaube, ich säh tausend Wunder
und fände mich schlicht wunderschön

Vielleicht ist ja alles auf Erden
eigentlich ausnahmslos wunderbar
und ich bin nur einfach ein wenig
viel zu sehr schon gewöhnt daran

# 12. Dezember

Ich glaub
die größte Ruhe liegt nicht drin
zu warten, bis es besser wird
Das Leben ist nie einfach leicht
auch wenn sich das jetzt hart anhört
Aber, wenn wir mal ehrlich sind
gibt's immer Hochs und Tiefs:
Das hast du nicht in deiner Hand
das hatten Menschen nie

Wir sind nun mal nicht so gemacht
dass nichts uns je erschüttern kann
Kein Mensch kann immer lachen
darum ist auch nichts verkehrt daran
im Chaos mal zu schlafen
in Unwissenheit zu ruhen
Wenn du dafür auf Ordnung wartest
wirst du es nie tun

Ich glaub, wenn wir es akzeptieren
dass so nun mal das Leben ist
und dass kein Mensch auf dieser Welt
in seinem Tal alleine ist
dann fällt da so viel Druck ab
dann ist pures Glück nicht mehr das Ziel
sondern zu sehen, dass Glücksmomente
den wirren Weg des Alltags zieren

# 13. Dezember

Wenn Gutes sich oft wiederholt
dann wird es zur Routine
Sodass wir unseren Segen schnell
mal aus dem Blick verlieren

Wenn Schweres sich oft wiederholt
wird es für uns fast einfach
Was du tust, ist eine ganze Menge
doch du nennst es »Alltag«

Und nur weils dir alltäglich ist
ist es noch lang nicht leicht
Es ist okay, wenn deine Kraft
für »Alltag« heut nicht reicht

# 14. Dezember

Dem Kassierer an der Kasse
ist egal, was ich heut kaufe
Seine Gedanken kreisen weiter
um den Streit bei sich zu Hause

Der Dame an der Kreuzung
fiel mein Makel nicht mal auf
Sie war im Stress, ihr ganzer Tag
war schon ein Dauerlauf

Die Nachbarn unten drunter
hörten nicht, dass ich was fallen ließ
Als ich dachte, dass ich störe
waren sie bei der Therapie

Die Welt von keinem, den ich treff
dreht sich um mich wie meine
Stattdessen haben sie eigene Themen
um die sie für sich kreisen

Den meisten Menschen heute
war ich wirklich einerlei
und ehrlich gesagt, stört's mich nicht
Nein, echt, es macht mich frei

Denn wenn ich endlich aufhör
Perspektiven auf mich selbst zu denken
schaff ich's vielleicht mal anderen
nen mitfühlenden Blick zu schenken

# 15. Dezember

Wenn alles möglich wäre
wär ich gern voll tiefster Ruhe
Ich wäre gerne freundlicher
und hörte länger zu
Ich würde mich mit Gutem füllen
an Bildern und Gedankengut
damit ich danach weiterteil
was tief in meinem Inneren wohnt

Wenn alles möglich wäre
wär ich gerne froh und frei
Ich würd täglich spazieren gehen
und gut zu anderen sein
Und weil ja alles möglich ist
kann ich all das noch lernen
Mit jedem Tag möchte ich gern
im »Ich-Sein« besser werden

# 16. Dezember

Ich verpacke Geschenke und denke
wie gern hätt ich auch eins
für dich
Ich vermisse, doch reiß mich zusammen
wissend, du wünschtest Freude
für mich
Im Fenster brennt immer ne Kerze
ein Lichtlein als Zeichen
für dich
Du bist und du bleibst unvergessen
und stets auch Zuhause
für mich

Die Adventszeit ist nicht mehr dasselbe
und nicht mehr so einfach
für mich
Trotz Trauer bleibt in meinem Herzen
ein Platz voller Liebe
für dich
Deine Stimme ist weiterhin hörbar
ein Nachklang im Inneren
für mich
Und so lebst du im Herz und Erinnern
und in tausenden kleinen
»Für dichs«

# 17. Dezember

Man sagt: »Sei nicht so abgehoben
komm mal runter vom Podest«
Oder: »Der schwebt auf Wolke sieben
bis die Illusion nachlässt«

Wir erlauben uns nicht gern zu fliegen
Der Boden der Tatsachen ruft an
um den, der abhebt, zu erinnern
dass ein Mensch nicht fliegen kann

Aber was, wenn das doch möglich ist?
Ich wage zu probieren
was passiert, wenn das Herz leicht wird
bis die Lüfte es jonglieren

# 18. Dezember

Du bist kreativ
und du weißt das vielleicht nicht
weil deine Kunst nicht wie die anderer
auf einen Blick sichtbar ist

Doch Kreativität ist so viel mehr
als bloß der Umgang mit Farben
Ja, manche sind zutiefst begabt
zu schreiben und zu malen
Manche bringen uns zum Staunen
weil sie singen oder tanzen
doch auch dich sehe ich täglich
große Kunst in Leben schaffen

Und das tust du im Kleinen:
Du zauberst Kunst auf die Teller
hast ein Gespür für Ästhetik
bist ein Menschenherzenkenner

Du hast ganz eigene Ideen
anderen Geschenke zu machen
Du findest 1001 Wege
damit geliebte Menschen lachen

Bist vielleicht kreatives Elternteil
und Meister der Beschäftigung
Du bist Problembewältiger
und hast für alles eine Lösung
Vielleicht jonglierst du nicht
mit Bällen
sondern lieber mit Zahlen
Du bist überall da kreativ
wo du dich traust
mal aus der Norm zu fallen

Ja, vielleicht bist du kein Maler
vielleicht schreibst du auch nie
ein Buch
aber du malst täglich ein Lächeln
damit, wie gut du anderen tust
Deine Empathie ist Stärke
Deine Freundlichkeit zeigt Mut
Und du hast dich schon erfolgreich
an der Lebenskunst versucht

# 19. Dezember

Zu existieren
ist ein Wunder
das ich niemals
völlig greifen kann

Es verändert sich
was um mich ist
es war einmal
und ist vergangen

Die Emotion
die in mir lebt
schwankt auf
und dann hinab

Ich lache und
dann weine ich
manchmal
am gleichen Tag

Zu existieren
ist ein Wunder
das ich niemals
völlig greifen kann

und weil ich nie
verstehen werd
fang ich heut mit
bewundern an

# 20. Dezember

Vielleicht liegt die größte Schönheit
gar nicht in den größten Dingen
nicht in Bergen oder Meeren
oder den ganz großen Gesten

Vielleicht liegt die größte Schönheit
in den kleinsten Elementen
in Sekundenbruchteilen
und Teilkomponenten

In einem wohlgeformten Wort
statt hochgestochenen Sätzen
In der einzelnen Flocke
statt im Schneefall in Mengen

Sie liegt in einer bunten Blüte
Sie braucht kein Bouquet
Ist in den kleinsten Details
dieser Welt wahrzunehmen

Und wenn wir das schaffen
wenn wir die Kleinigkeiten sehen
Glaub ich, Schönheit wird die Tage fluten
die wir bewusst erleben

Jeder kleine Funke Wunder
all die Alltagspoesie
Zeigt uns, dass Freude nicht in Jahren
sondern in Sekunden liegt

# 21. Dezember

Heut versuch ich was Verrücktes
Ich probier was Neues aus:
Für heut will ich gar nichts *mehr*
Das, was ich habe, reicht mir aus
Ich greif in meinen Kleiderschrank
trag, was ich hab, mit Freude
Ich gehe raus und atme tief
will keinen Zug vergeuden
Ich schau auf meine Uhr und denke:
»Ach, ich hab ja Zeit!«
Und wenn ich dann keine mehr hab
geh ich zufrieden heim
Ich sage laut: Die Welt ist schön!
Und mir geht es so gut!
Das Gras da, wo ich grade steh
ist mir heut grün genug

# 22. Dezember

Heute mag verrückt sein
ein bisschen müde, bisschen hart
Heute mag voll Freude sein
und das ganz ungeplant
Heute mag bittersüß sein
vielleicht ein kunterbunter Mix
Was da auch kommt
erinner dich
wie wertvoll Heute ist
Weil Hier und Jetzt erlebbar ist
und reich in unseren Händen liegt

Ja, heute ist lebendiger
als jeder andere Tag, den's gibt

# 23. Dezember

Du denkst, dass du nur existierst, doch
in Wahrheit beschenkst du die Welt
Schon oft warst du jemandes Freund durch
dein Da-Sein, ein gutes Gespräch
ne Umarmung, vielleicht mal ne Nachricht
ein Lächeln: »Schön, dass es es dich gibt«
Du machst andere Leben viel reicher
allein dadurch, dass es dich gibt

# 24. Dezember

Weißt du:
An Weihnachten geht es nicht nur
um Engel, Essen, Lichter
Der eigentliche Sinn der Weihnacht
geht um Längen tiefer

Es ist das Fest des Überwindens
von allem, was die Menschen trennt
Wir feiern einen Gott, der sich
doch eigentlich allmächtig nennt
Der aber einen Plan fasst
um den Menschen zu begegnen
Er überwand alle Distanz
um bei uns Platz zu nehmen

Damit wir an ihm sehen können
wie Nähe schaffen geht:
Er kam, zog keine Grenzen
jeder kann nun mit ihm gehen
Jesus saß mit den Ärmsten
hatte die Alten stets im Blick
den Fremden war er Freund und
wies auch Kinder nicht zurück
Er predigte die Nächstenliebe
und lebte sie dann auch
die Ungeliebten liebte er
den Kranken half er auf

Ein Kind, das ein Erwachsener wurd
sein Leben dafür gab
dass jeder Mensch heut Zuversicht
und Trost und Heimat hat

Ja, Weihnachten ist eigentlich
der Start von was viel Größerem:
Ein Leben lang, tat Jesus das
was wir noch heute tun können
Güte teilen, Hände reichen
aufeinander achten

Lasst es uns
– auch nach Weihnachten –
genau wie Jesus machen

Der Winter klopfte einst an eine Scheune
Ein junges Pärchen öffnete die Tür
»Willkommen
Winter, bei uns darfst du einkehren
Es ist noch genug Platz im Raume hier«

Der Winter schaute vorsichtig nach Innen
Sah Esel, Schafe und ein kleines Kind
Er sagte:
»Ich will wirklich gar nicht stören
und auch nicht so viel Kälte zu euch bringen«

Sie winkten ihn herein, es wurde dunkler
doch Schimmer füllte jede Ecke aus
Es war
als käm ein Leuchten aus der Krippe
im Winter breitete sich Friede aus

Er blickte auf das Kind und musste lächeln
Die Zeit war da – er freute sich so sehr –
wo draußen
zwar noch Winter herrschen würde
doch Liebe alle Menschenherzen wärmte

Das hat mir dieses Jahr Hoffnung gespendet

Das hat mir dieses Jahr Hoffnung gespendet

**Bibliografische Information der Deutschen Nationalbibliothek**
Die Deutsche Nationalbibliothek verzeichnet diese Publikation in der Deutschen Nationalbibliografie. Detaillierte bibliografische Daten sind im Internet über https://dnb.de abrufbar.

**Für Fragen und Anregungen**
info@m-vg.de

**Wichtiger Hinweis**
Ausschließlich zum Zweck der besseren Lesbarkeit wurde auf eine genderspezifische Schreibweise sowie eine Mehrfachbezeichnung verzichtet. Alle personenbezogenen Bezeichnungen sind somit geschlechtsneutral zu verstehen.

Originalausgabe
1. Auflage 2024

Türkenstraße 89
80799 München
Tel.: 089 651285-0



Umschlaggestaltung: Isabella Dorsch
Umschlagabbildung und Abbildungen Innenteil: Adobe Stock/lavendertime, TWINS DESIGN STUDIO
Layout: Isabella Dorsch
Satz: inpunkt[w]o, Wilnsdorf (www.inpunktwo.de)
Druck: Livonia Print, Riga
Printed in Latvia

ISBN Print 978-3-95761-244-1

Weitere Informationen zum Verlag finden Sie unter
**www.lago-verlag.de**
Beachten Sie auch unsere weiteren Verlage unter www.m-vg.de